281

natole FRANCE

Jean JAURÈS

•

DEUX DISCOURS

sur

TOLSTOÏ

Édition de " L'Émancipatrice "
3, rue de Pondichéry, Paris
—
1911

Anatole **FRANCE**

Jean **JAURÈS**

———— •••• ————

DEUX DISCOURS

sur

TOLSTOÏ

Édition de " L'Émancipatrice "

3, rue de Pondichéry, Paris

—

1911

NOTE

—•••—

Il est toujours intéressant de voir comment une grande pensée se reflète dans une autre grande pensée, ici comment l'homme d'action et l'homme de lettres, en glorifiant Tolstoï, se sont cherchés en lui, par la force même de leur personnalité.

L'homme d'action, entraîné par lui-même autant que par le romancier russe — romancier de l'art, romancier de la pensée, romancier du rêve — désireux de ne rien perdre des multiples efforts humains qui mènent tous vers l'inéluctable nécessité de la transformation sociale, évoque le christianisme primitif, celui qui n'avait pas encore quitté l'étable de Bethléem pour la consécration officielle de sainte Sophie, celui qui, par l'apôtre Paul, apporta dans le monde le premier germe de la démocratie universelle : et Jaurès montre, une fois encore, mais avec un accent plus intime, l'admirable et constante puissance de travail intérieur qui lui a permis d'équilibrer à travers une vie politique difficile, au milieu, souvent, des plus abominables injures et trop souvent, aussi, de l'incompréhension de certains de nos amis, la pensée et l'action. Il semble, d'ailleurs, que dans la conférence de Toulouse la pensée socialiste pure, dans toute sa beauté intellectuelle, débarrassée momentanément des brumes qui montent de la lutte quotidienne, procure au militant une délivrance. — L'homme de lettres évoque l'aigle romaine, la paix de César-Auguste dont ce christianisme dissocia les éléments parce que l'élite, trop séparée du peuple, ne sut pas s'ouvrir à temps pour se hausser de bonne heure à la compréhension de la nécessité régénératrice qu'elle dut admettre plus tard ; et dans l'appel de France d'ailleurs, admettre plus tard ; et dans l'appel de France à la force qui permet non seulement de souffrir, mais encore de comprendre et de créer, il y a bien le double langage de la pensée et de l'action, mais principalement le désir de l'action, de l'action politique. Leçon prévue, importante à cette heure pour la jeunesse qui cherche sa voie et se cherche elle-même sur tant de terrains.

Entre Jean Jaurès et Anatole France qui le régularisent, qui le disciplinent dans la pensée française la plus classique et la plus audacieuse, — la plus révolutionnaire, peut-être, parce que la plus classique, justement, — Tolstoï apparaît une personnification de l'orient resté quelque peu fabuleux et qui féconde l'occident d'un souffle encore barbare, chargé de violence stimulatrice. — Que de sentiments communs, au surplus, entre les admirateurs slaves et les admirateurs français du poème épique désordonné, plein d'un romantisme sombre, qu'est la Guerre et la Paix ! Fabrice del Dongo, de notre Stendhal, est presque le frère moins rude, plus indulgent et plus tendre, plus restreint et moins inquiet aussi, du prince André. Et je suis demeuré toujours surpris qu'aucun critique n'ait signalé leur ressemblance.

Au-dessus des alliances estimées d'intérêt pur, trop souvent mal interprétées par des êtres sans culture intellectuelle ni morale véritable, dont le savoir financier se retourne, à cause de cela, contre les hommes et contre eux-mêmes, asservissant au lieu de délivrer, ainsi qu'il le devrait et le pourrait, l'alliance des sentiments et de la pensée, — intérêt idéal, expression, résumé de tous les intérêts, — dégage des significations profondes.

Cette modeste plaquette est et sera un document. Elle rappelle, au milieu de la lutte, au cœur même de l'épaisse forêt d'iniquités à travers laquelle peinent les hommes en marche vers la totalité de leur émancipation, un point de rencontre où scintille l'étoile de la foi socialiste. Elle érige une sorte de colonne au carrefour de plusieurs des grandes routes de l'humanité. Et il me semble que nous pouvons y inscrire à la manière antique :

« Passant, sur cette stèle glorieuse élevée à la mémoire de Léon Nikolaïevitch, dont toute la vie fut de droiture, d'ardente sincérité, éloignée, par noblesse native, de tout ce qui diminue et de tout ce qui corrompt, deux fils illustres de la Gaule ont tressé deux couronnes avec les mots de leur pays. Leurs paroles ailées rendent meilleur et suscitent l'espérance. Elles chantent la paix future, la réconciliation des races et des nations, la fraternité de l'immense famille humaine. Elles exaltent l'effort individuel et l'effort collectif. Elles annoncent que la Justice et la Force se réconcilieront. Elles sont empreintes d'une sagesse telle que tu sentiras tout le premier, pourvu que tu sois sincère, comme elles sont véridiques, à quel point la vie contemporaine les démontre telles. En ouvrant leur vol vers la République Sociale, elles te désignent, en même temps que ton devoir, la route du bonheur et du salut. »

André LEBEY.

8 germinal, an 119.

Discours prononcé à la Sorbonne le 12 Mars 1911

PAR

Anatole FRANCE

MESDAMES, MESSIEURS,

Partageant, avec le respecté M. Frédéric Passy, l'honneur de présider une réunion si douce et si grave, je vois dans cette assemblée, empressée à rendre hommage à une mémoire immortelle, des compatriotes, des disciples de Tolstoï. Souffrez que je leur adresse d'abord l'hommage de mon respect ému et que je salue en eux la Russie héroïque et souffrante. Et s'il se trouve, cachée en un coin de cette salle, une âme qui vécut tout près de l'âme de Tolstoï, et respira l'air qu'il respirait, que mes salutations aillent à elle, sans troubler son recueillement ni son effacement volontaire (1).

Ce m'est une gloire d'accomplir un tel devoir, et cette gloire, je la dois aux zélés organisateurs de la fête que nous célébrons ici. Ils se sont souvenus sans doute que Tolstoï, si attentif jusqu'à sa fin, à suivre la pensée française, accorda une extrême bienveillance à quelques-uns de mes ouvrages dans lesquels il se plaisait à reconnaître cette simplicité qu'il aimait.

La simplicité, la sincérité, il en était plein lui-même. Son âme infinie était un océan de sincérité.

MESDAMES, MESSIEURS,

Vous ne vous attendez pas à ce que j'étudie ici ce grand homme et sa grande œuvre. Je garderai la parole quelques minutes à peine, et il faudrait des heures entières pour mesurer seulement l'orteil du colosse.

---

(1) L'orateur fait allusion à la sœur de Tolstoï présente dans la salle.

Essayons pourtant de marquer d'un mot le sens de son œuvre et le sens de sa vie.

Tolstoï est un grand enseignement. Par son œuvre, il nous fait connaître que la beauté sort vivante et toute formée de la vérité, comme Aphrodite du sein de la mer. Par sa vie, il nous dit la sincérité, la droiture, l'énergie, la constance, l'héroïsme tranquille et continu, et qu'il faut être vrai et qu'il faut être fort.

Oui, il faut être fort, il faut être fort pour n'être pas violent, il faut être fort pour être juste, pour être bon, pour être doux; il faut être fort même pour sourire. C'est parce qu'il fut plein de force qu'il fut toujours vrai ! La faiblesse ne peut pas confesser la vérité. C'est l'excuse des femmes, disent les hommes qui pourraient quelquefois invoquer cette excuse pour eux-mêmes. Tolstoï, nous enseignant la sincérité, nous invite par cela même à le contredire si nous croyons qu'il se trompe. Et ce maitre des cœurs, en conseillant l'humilité, la soumission, le renoncement, inspire encore les plus nobles désirs et les plus fiers courages. Lorsqu'il nous dit de croire, de souffrir, d'endurer, sa résignation héroïque prend un tel air de lutte impétueuse, un tel caractère d'énergie, je dirai presque de violence, qu'elle nous incite à penser, à douter, à combattre, et fomente nos énergies.

O dogmes morts ! O pensée vivante ! Voyez-le tel que l'a représenté la main d'un ami ! Voyez ce vaste front, ce visage travaillé de joies et de douleurs. Ce n'est pas une bible, c'est un homme. Ses troubles, ses erreurs s'expliquent, se rectifient dans le cours d'une vaste pensée, et dans la ligne d'une haute existence. Non, cet artiste puissant, ce poète ne condamne pas l'art ni la science. (*L'orateur se tourne vers le buste de Tolstoï, par Aronson.*)

Tolstoï, plus haut que ton évangile, plus haut que ton discours, dans la plaine de neige, lors de la transfiguration, plus haut que tes béatitudes et que tes paraboles, parlent ton génie épique et ta vie généreuse, et ton cœur vaste et divers. Non, tu n'es pas une incarnation de je ne sais quel dieu triste. Tu es bien plus qu'un Messie. Tu es un Homère, tu es le Gœthe de la Russie, tu es le fleuve sacré où boivent les peuples. Qu'ai-je parlé de tes erreurs ! Tu ne nous a jamais trompés, tu ne t'es jamais trompé, tu as toujours dit la vérité puisque tu as exprimé la beauté, et que la beauté est la seule vérité que l'homme puisse atteindre, la seule qui soit en rapport exact avec son intelligence et ses sens.

Non ! Tolstoï ne condamne pas l'art. Quoi qu'il ait pu penser et dire, loin de le condamner, il l'exalte et le glorifie ! Même alors qu'il le renie, il l'affirme. Il s'efforce en vain de s'en dépouiller. L'art est en lui, l'art est dans toutes les fibres de sa chair, dans toutes les gouttes de son sang.

Oh ! Messieurs, l'art, c'est la grandeur et la dignité de l'homme. L'homme n'est beau, n'est grand, n'est bon que par l'ouvrage de ses mains et de son esprit, que par la Minerve qui, née de son cerveau (car Jupiter, c'est lui !), plante l'olivier, file la laine, travaille les métaux, est géomètre, physicienne, législatrice, peintre et poète, et épouvante les barbares des éclairs de sa lance.

Les arts ! enveloppons-les tous ensemble d'un regard contemplatif. Ils sortent les uns des autres par un progrès continu. Les plus humbles sont la racine des plus élevés. Arts et sciences, car les Muses sont sœurs qui enfantèrent l'astronomie et la musique. Le vieux Buonarotti a dit un jour, en une de ses causeries platoniciennes avec Vittoria Colonna : « Le premier laboureur qui traça avec la charrue son sillon dans un champ, inventa l'art du dessin, en créant la ligne ».

C'était découvrir d'un regard idéaliste et profond la magnifique harmonie du génie humain. Depuis les grêles accords tirés de trois cordes tendues sur une écaille de tortue, jusqu'aux symphonies de Beethoven ; depuis les figures d'animaux tracées à la pointe du silex sur des parois de calcaire ou taillées dans un bois de renne par les hommes des cavernes jusqu'aux peintures de Titien

et de Rubens, jusqu'aux statues de Phidias et de Michel-
Ange, depuis les chansons et les contes puérils des
pâtres nomades, qui fournirent la matière de l'*Iliade*
et de l'*Odyssée*, jusqu'aux tragédies de Racine et aux
comédies de Molière; depuis la hutte du sauvage jusqu'au Parthénon; depuis l'observation du ciel par les
pâtres de Chaldée et les essais empiriques des sorciers
d'Égypte et de Babylone jusqu'aux lois de Newton et
à la cosmogonie de Laplace; enfin, depuis l'âge de la
pierre et du bronze jusqu'à l'ère nouvelle où le physicien
s'empara des grandes énergies de la matière subtile, les
arts sont la force et la joie, la splendeur, la vertu de
l'humanité, et constituent la seule raison d'être que le
philosophe puisse découvrir à la race infortunée et sublime qui conquit l'empire de la terre. Non, Tolstoï
n'était pas un ennemi de l'art.

Comment il fut l'ennemi de la guerre, et s'il la com-
battit moins en philosophe moderne qu'en chrétien des
premiers siècles, c'est ce que je laisse dire au vénéré
M. Frédéric Passy. Mais, un mot avant de finir. Car
sur cette grave question, la plus grave de toutes, il faut
que chacun engage sa responsabilité. Cette paix universelle que l'aigle romaine, après six siècles de guerre,
imposa une première fois à tout le monde connu, cette
déesse à laquelle Auguste imperator et pontife éleva un
autel dont on voit encore en Italie les beaux marbres
épars, cette paix bientôt détruite par les invasions des
barbares et la lente organisation des peuples modernes
dans l'Europe et dans le monde, cette paix que nous
désirons de toute notre âme, ne l'appelons point avec des
soupirs et des gémissements. Elle ne viendra pas à
l'appel des faibles qui se lamentent. Suscitons sa venue
par un effort continu en gardant la claire inteligence
des nécessités qui conduisent le monde.

Si nous sommes vraiment pacifiques, soyons grands
et forts. Je ne parle pas, vous pensez bien, comme les
syndicats de publicistes et de métallurgistes qui ne ré-
clament pour la France qu'une grandeur de ferraille.

Je parle de cette vigueur, de cette robustesse qui résultent de l'égal et libre développement des organes dans un peuple, je parle de la force nationale qui résulte des bonnes conditions du travail intellectuel et matériel. Les nations ont toujours tiré toute leur force du peuple; dans les démocraties modernes et scientifiques, cette force populaire peut être décuplée, centuplée. Demain, les nations qui auront acquis la plus grande puissance économique, intellectuelle et morale, les nations qui auront réalisé par leur industrieux génie un type supérieur de civilisation, qui posséderont le prolétariat le mieux organisé, le plus uni, le plus riche et le plus généreux, celles-là, celles-là seules, seront en état de faire prévaloir les idées de concorde, de paix et d'union universelle.

La guerre finira non parce qu'elle est cruelle; la nature est par elle-même insensible et cruelle, et nous en dépendons; la guerre finira, non parce qu'elle est injuste, car rien ne prouve que nos idées de justice et de bonté se réalisent un jour; elle finira quand cesseront d'agir les causes politiques et sociales qui l'ont rendue possible ou nécessaire : autocratie, concurrence industrielle, oppression des classes laborieuses.

Efforçons-nous tous de travailler selon nos faibles forces à l'avènement de ces temps meilleurs dont le grand Tolstoï eut le vague et sublime pressentiment.

Conférence faite à Toulouse, le 10 Février 1911

PAR

Jean JAURÈS

MESDAMES, MESSIEURS,

Mon embarras serait cruel si je devais dans l'espace de temps dont je dispose faire tenir, ou essayer de faire tenir tout le sens de l'œuvre et de la pensée du grand Tolstoï, toutes les complications de sa vie. L'œuvre est vaste, et surtout la personnalité de Tolstoï est à la fois très haute et très complexe. Cet homme qui a agi sur l'esprit et la vie de tous les peuples est resté jusqu'au bout un slave, particulièrement et profondément russe, et sa pensée ne peut pas trouver place dans les cadres de la pensée occidentale. Cet homme qui a remué toutes les passions les plus nobles des hommes, aucune croyance, aucun parti, aucune classe ne peut le revendiquer tout entier; et lui, qui a prêché comme dogme fondamental, l'amour universel, la profonde communion des âmes, il a passé toute sa vie dans un isolement superbe et farouche. C'est un chrétien révolutionnaire, un révolutionnaire en lutte contre tous les partis organisés de révolution, un chrétien en révolte contre les miracles et contre l'Eglise. Il est, en un certain sens, un novateur prodigieux auprès duquel le socialiste révolutionnaire même semble parfois frappé de timidité et de routine. Et, en même temps, il est, par plusieurs traits de sa pensée et de son âme, un homme du passé; et il fait songer invinciblement à quelques-unes de ces sectes mystiques des premiers siècles de l'époque chrétienne, à ces montanistes, par exemple, qui, prétendant annoncer le retour tout prochain du Christ ressuscité, rompaient tous les liens de la vie commune. Ce n'est donc pas l'analyse subtile de cette âme complexe que je veux tenter ; je me bornerai aujourd'hui à mettre en lumière ce qui en fut le trait essentiel, la force d'aspiration morale et religieuse, l'appétit, non pas du mieux mais du parfait, qui a soulevé et tourmenté cette âme. C'est par là, d'ailleurs, si je ne me trompe, que Tolstoï a remué la race humaine. Elle a senti qu'il y avait en lui plus et mieux qu'un homme de lettres, plus et mieux qu'un artiste, autre chose qu'un manieur de fictions ou même qu'un puissant et magnifique créateur d'âmes, mais un homme passionné, tourmenté, comme tous ceux qui approfondissent la vie et qui ne glissent pas stupidement à sa surface, par le problème de la destinée humaine. Et c'est parce que les hommes ont senti que dans les derniers jours du grand apôtre mystique se trahissait un drame intérieur profond qu'ils ont été émus par la tragédie de ses dernières heures. Que s'est-il passé au juste en ces derniers jours ? Pourquoi, comment Tolstoï — séparé de la mort par peu d'années — comment Tolstoï s'est-il évadé de la maison où il avait si longtemps vécu ?

Où voulait-il aller, que voulait-il faire ? Il semble qu'il y a là un secret difficile à démêler tout entier, et peut-être certaines convenances, ces convenances même que Tolstoï, épris de vérité absolue, détestait, contribueront-elles à envelopper sa fin d'une sorte de mystère. A-t-il voulu, avant de s'en aller, lui qui, depuis 30 ans, prêchait aux hommes le complet détachement et la pauvreté absolue, a-t-il voulu rompre avec tout ce qui restait en sa vie, des attaches, des habitudes d'autrefois et mettre en quelque sorte le désert des biens de la terre renoncés par lui entre lui et le Dieu inconnu vers lequel il marchait, c'est possible, quoique Tolstoï ait toujours dit que par sa doctrine, par sa prédication, il ne s'engageait pas à rejeter d'emblée toutes les choses qui l'entouraient, mais à vivre dans sa condition même, en un esprit de détachement et de pauvreté. Peut-être aussi a-t-il eu à lutter, en ces derniers jours, dans son entourage, contre des résistances croissantes. Un Français, M. Boullanger, qui semble avoir été le témoin assez proche des dernières années et des derniers jours, raconte que Tolstoï commençait, en vue des dispositions qu'il voulait prendre pour attribuer son bien après sa mort, à s'énerver des quotidiennes difficultés domestiques où il se heurtait. Depuis quelques jours, il prolongeait ses promenades à cheval comme pour retrouver le calme dans la solitude. Quoi qu'il en soit, quelle qu'ait été la cause immédiate et précise de la rupture, cette rupture, ce départ, est bien la conséquence directe ou indirecte de l'idéal de renoncement et d'austérité qu'il avait prêché. Et c'est chose tragique, c'est chose poignante que ce grand vieillard s'exilant à la nuit de la maison où il avait pensé, où il avait aimé. Il en est sorti, il s'est évadé de Iasnaïa-Poliana comme un prisonnier s'évaderait de sa prison. Entendant l'un des siens fouiller, pendant que lui-même était couché, dans son cabinet de travail, peut-être pour y surprendre un testament dont on s'inquiétait, il eut une révolte; il se décida à partir, il fit signe à son médecin, et, seul avec lui, dans la nuit, à travers le jardin familier, il se dirigea vers les écuries pour atteler, et s'en aller, dans la nuit, à la gare prochaine. Il buta du pied contre une souche du jardin, tomba et fut obligé de rentrer à tâtons dans sa maison pour y chercher une lanterne sourde et pour s'évader encore une fois, lui, le grand esprit libre, avec les précautions qu'aurait prises un prisonnier qui s'évaderait de sa geôle. Eh bien ! c'est le spectacle, c'est le sentiment du drame moral, du drame de pensée, du drame de mysticité, c'est le sentiment de la contradiction tragique entre l'idée qui exaltait cet homme et les conditions du milieu où il vivait qui a attiré l'attention et l'émotion des hommes. Mais cette crise des derniers jours n'est pas une surprise, elle n'est que la pointe, elle n'est que l'extrémité de la profonde crise morale et religieuse, qui, il y a une trentaine d'années, aux approches de l'an 1880, a bouleversé et renouvelé l'âme et la vie de Tolstoï. Comment s'est produite cette crise qui est, en quelque sorte, le centre même de sa vie ? Car tout ce qui précède semble la préparer et tout ce qui suit en est en quelque sorte la conclusion.

La crise de mysticité

Tolstoï avait alors une cinquantaine d'années ; il avait vécu, en apparence au moins, de la vie commune, grand seigneur appartenant à l'aristocratie russe, élevé dans une de ses maisons puissantes et riches, il s'était livré, en quelque mesure au moins, au désordre ou à la vie facile de la jeunesse noble de Saint-Pétersbourg. Dégoûté de cette vie facile et factice, il s'était engagé pour aller au Caucase parmi des hommes simples, dans une nature à la fois sublime et familière, parmi des hommes que les raffinements de la civilisation, de la fausse civilisation selon lui, n'avaient pas atteints encore. Puis il avait assisté, participé, brave entre les braves, aux drames de Sébastopol. Rentré à Moscou, il s'était marié et il avait vécu pendant quinze ans de la vie de famille la plus calme et la plus heureuse. Il avait dans cette période produit quelques-uns de ses chefs-d'œuvre les plus éclatants, ses récits sur le Caucase, ses récits sur le siège de Sébastopol, son grand roman national, *la Guerre et la Paix;* la richesse affluait dans sa maison, il vivait dans l'abondance des biens, des enfants et de la gloire. Sa renommée était universelle, sa santé était inaltérée. Quelques-uns ont dit que peut-être la brusque crise de mysticité dont il fut frappé était un effet d'une de ces secrètes défaillances organiques, inaperçues, qui atteignent l'homme au milieu de la vie, au moment où la vie commence à incliner vers son penchant. Tolstoï affirme qu'il n'en est rien : il déclare que jamais il n'avait été plus robuste et qu'il était capable, à ce moment, de travailler à son bureau, d'écrire, de composer huit heures de suite sans ressentir la moindre fatigue. Il a voulu ainsi que ne fut pas diminué le sens de la crise morale qui s'est produite alors en lui. Et que s'est-il donc dit soudain ?

Il s'est dit : je suis heureux, j'ai toutes les joies du monde à un degré où peu d'hommes les possèdent et pourtant il me semble que jusqu'ici j'ai vécu dans un songe mauvais, dans une vie d'égoïsme, dans une vie factice, sans songer au vrai sens de la vie et sans conformer ma conduite à un idéal supérieur. J'ai pu, jusqu'ici, ne pas penser à ces choses, parce que la vie bouillonnait en moi, parce qu'elle me versait son ivresse ; mais maintenant, n'étant ni malade, ni fatigué, ni pauvre, je me sens cependant subitement dégrisé et je me demande : qu'est-ce que la vie ? Elle sera dévorée par la mort ; et mon lot, à moi, un des plus brillants, un des plus heureux parmi les hommes, c'est un lot misérable. Qu'est-ce que les joies qui vont périr, qu'est-ce que les richesses qui vont être englouties dans le tombeau ? Je veux une solution du problème de la vie. Et, que me disent les savants, que me disent les philosophes ? Ils m'apprennent les rapports des choses entre elles, mais ils ne m'apprennent pas la seule chose qui m'importe, le rapport de mon âme, de mon moi, de ma vie intérieure et profonde avec l'univers infini et mystérieux. C'est là pourtant ce que je veux savoir. Ma vie n'a de sens, n'a de prix que si elle est rattachée à quelque chose de supérieur et d'éternel. Eh bien ! les philosophes me disent : l'infini travaille, le monde collabore, il prépare peut-être quelque chose de grand et de divin, et moi, s'écrie Tolstoï, je réponds que cette réponse est vaine, que l'univers illimité n'est, à mes yeux, qu'il n'est pour les savants eux-mêmes, qu'une agglomération colossale et discordante de mondes et d'atomes qui se rejoignent et qui se dissipent.

Que si l'on disait à Tolstoï : du moins, confondez votre âme avec l'humanité qui va vers un idéal nouveau, il répondait : pour savoir ce que sera cette humanité,

pour essayer de l'entrevoir, il faudrait que je la connaisse tout entière, et elle m'échappe dans ses origines comme dans sa destinée et puis, s'écrie-t-il, de l'accent impérieux de l'aristocratie slave, il me faut une solution nette, une solution décisive, une solution pour moi ; et il parlait, et il criait avec cette sorte d'égoïsme sublime du mystique. Les mystiques ont la passion de la vie, la frénésie de leur propre vie. On croit qu'ils sont prêts à la perdre, à la donner. Oui, pourvu que ce soit pour quelque chose qui leur apparaisse comme la plus haute partie d'eux-mêmes, ils sont prêts à s'abîmer pourvu que ce soit dans un gouffre de perfection. Et le quiétisme, extrême en tout, est prêt à accepter d'être damné pourvu que ce soit par un Dieu bon. Eh bien, cet égoïsme du mystique qui veut que son moi rayonne, se sauve, soit en harmonie avec l'univers, soit assuré que ses pensées, ses œuvres, ses actes survivront en quelque chose d'éternel, bouleversait Tolstoï. Et ne trouvant pas la réponse immédiate il était sur le point de chercher un refuge dans la mort, par le suicide et il était obligé, pour écarter cette tentation, pour n'en pas finir avec la vie, avant d'être bien sûr qu'il ne pouvait pas trouver le mot de l'énigme, il était obligé d'écarter les fusils pour ne pas se loger une balle dans la tête et d'écarter les cordes de la chambre où il couchait pour n'être pas exposé à se pendre.

La résignation nécessaire

C'est la crise dans laquelle pendant deux ou trois ans il s'était débattu et il en est sorti par cette remarque : moi, je ne peux pas vivre parce que la vie me paraît trop dure, n'en connaissant pas le sens, et pourtant il y a autour de moi, au delà des cercles de privilégiés où mon âme a vécu jusqu'ici, des millions et des millions d'hommes. Il y a eu depuis des siècles, des milliards et des milliards d'hommes qui dans le travail trop dur, dans la pauvreté, dans le dénument, dans la maladie, ont su, tout de même, trouver le secret de porter, sans fléchir et sans désespérer, le fardeau de la vie ; et, se penchant vers ces multitudes, Tolstoï disait : ils ont vécu. et ils ont pu vivre parce qu'ils étaient résignés, parce qu'ils étaient pieux, parce qu'une grande tradition portait en eux la force chrétienne et moi, je ne veux pas adopter tous leurs préjugés, je ne veux pas m'associer à toutes leurs superstitions, je ne crois pas, et je ne croirai pas à leurs miracles, je ne crois et je ne croirai pas aux légendes qui sont l'enveloppe du christianisme. Que l'on ne me parle pas d'une naissance miraculeuse du Christ ou d'une résurrection impossible ; que le prêtre ne vienne pas me dire, quand il m'offre l'hostie, qu'il m'offre le corps et le sang du Sauveur ; ce sont des symboles enfantins, ce sont des légendes puériles, mais de ces symboles, de ces légendes, je veux dégager, je veux recueillir l'esprit de foi, de résignation, d'union, d'amour, d'union des hommes entre eux en Dieu et par Dieu qui est l'essence et le fond même du christianisme ; et, sans me demander quels sont les nuages de caprice, de folie ou de légendes que reflète le grand fleuve de la tradition chrétienne, je me plongerai, je me baignerai dans ce fleuve, pour y retrouver la pureté, la force et la vie ; et, c'est alors qu'il a proclamé qu'il prenait comme règle de sa vie l'évangile, non pas l'évangile des orthodoxes, non pas l'évangile des prêtres, mais l'évangile instinctif et éternel des pauvres, et pour y croire comme eux, il s'est dit : il faut que je devienne comme eux, il faut que j'interprète l'évangile dans sa rigueur morale. Jusqu'ici, par lâcheté ou par égoïsme les hommes ont composé avec l'évangile. L'évangile leur dit soyez pauvres, et ils s'imaginent qu'ils peuvent rester chrétiens en restant riches. L'évangile leur dit : Dieu veille sur les hommes et sur les passereaux. L'évangile prononce des paroles d'amour et de paix. Il y a des millions et des millions d'hommes qui s'imaginent être chrétiens, en dépouillant, en faisant souffrir leurs frères, et en proclamant de classe à classe

ou de nation à nation l'égorgement des hommes. Eh
bien ! moi... *(Applaudissements frénétiques qui cou-
vrent la voix de l'orateur.)*

... Eh bien moi, dit Tolstoï, je veux demander aux
hommes, par dessus les lois, par dessus les sacerdoces
d'être des hommes de l'évangile et je ne leur dis pas :
soumettez-vous, je ne leur dis pas non plus : révoltez-
vous par la force, je veux qu'ils obtiennent et qu'ils
imposent la paix par des moyens de paix ; et je ne veux
pas que les humbles écrasés versent le sang des puissants ; je veux qu'ils se bornent à la révolte passive,
qu'ils se bornent à refuser l'obéissance aux pouvoirs
injustes et le jour où sans violences, sans copier la
sauvagerie des puissants, sans révolution tragique à la
mode occidentale, les millions de pauvres refuseront
leur cœur et leurs bras à l'œuvre d'injustice, de guerre
et de meurtre, ce jour-là les vieilles autorités de men-
songe et d'oppression se dissoudront d'elles-mêmes :
voilà à quelle doctrine, voilà à quel anarchisme à la
fois révolté et résigné, voilà à quel christianisme à la
fois traditionnel et révolutionnaire Tolstoï a abouti.
Mais, messieurs, ce ne serait pas le comprendre que
d'imaginer que cette crise a été une sorte d'improvi-
sation, et si vous voulez, à la lueur du drame de cons-
cience, du drame moral et religieux qui s'est accompli
dans l'âme de Tolstoï vers 1880, si vous voulez à la
lueur de ce drame relire les œuvres antérieures, les
œuvres de son époque mondaine, si vous me passez ce
mot, vous verrez que tout déjà, dans l'œuvre de ce
noble et étrange esprit, tout déjà tendait vers ce but,
tout annonçait cette crise. Dans l'œuvre antérieure vous
trouverez d'abord cette passion, cette sorte de frénésie
de la vie qui est la caractéristique de la mysticité.

Sa passion de la vie

Losrque Tolstoï, âgé de vingt ans à peine, part pour le Caucase, il note la surabondance de la vie intérieure qui est en lui et il dit : ce que je sentais en moi était un amour profond et chaud pour moi-même, pour tout ce qu'il y avait en moi de bon et de beau susceptible de développement. Et, en même temps que Tolstoï avait cette passion de la vie, il prenait au sérieux, il prenait au tragique, enfant déjà ou adolescent, tous les systèmes qui tendaient à lui expliquer le sens de la vie. Ah ! ce n'était pas comme pour nos apprentis bacheliers (*sourires*), pour nos candidats philosophes une formule passant à la surface de l'esprit. Lorsque Tolstoï lisait des œuvres des stoïciens ou des résumés de la philosophie stoïcienne il se disait : il faut que j'apprenne, moi aussi, à être stoïque ; et pendant des semaines et des mois, tant qu'il vivait sous le rayon de cette pensée, il se soumettait à des privations, à des épreuves et à des flagellations volontaires ; puis il lut dans les philosophes anglais ou allemands que le monde n'était sans doute qu'une fantasmagorie, que ce que nous croyons voir et entendre n'est qu'une vaste hallucination, une projection de nous-mêmes, qu'en réalité le monde n'est qu'une illusion produite par le moi, qui se répand, qui se manifeste au dehors et lui fut un moment si obsédé de cette pensée qu'avec une sorte de naïveté d'enfant, mêlée à la gravité philosophique, tout à coup il se retournait brusquement dans l'espoir que son moi n'aurait pas eu le temps de projeter d'autres images et qu'il surprendrait à l'état de nudité le néant universel.

Je vous cite ce trait qui peut vous paraître enfantin parce qu'il est la marque de la passion étrange, de la passion singulière, que cette âme toute jeune mettait dans l'étude du problème de la vie. Puis c'est de bonne heure d'amour passionné, intransigeant du vrai, quand il raconte Sébastopol, quand il montre le mélange de gran-

deur et de faiblesse dans toutes les âmes, quand il dit :
Dans mon œuvre, il n'y a pas de héros ; tous sont bons
et tous sont mauvais ; je n'ai et n'aurai qu'un héros,
c'est le vrai. Et en même temps, c'était, s'éveillant dans
son âme, la passion de la simplicité, la haine de la vie
de salon, des complications factices de l'existence et
c'est cette simplicité primitive, c'est cette beauté gran-
diose et simple de la nature qu'il va respirer au Caucase. Ah ! dans son livre sur le Caucase, il y a une
page saisissante et admirable où vous pourrez surprendre l'identité de ce que j'appelle la passion de la
vie et de l'esprit de sacrifice.

Un jour, Tolstoï chassant seul, égaré dans une chaude
journée d'été, dans une forêt qu'il ne connaissait pas,
s'arrête au pied d'un arbre ; il est enveloppé
par des myriades et par des myriades de moucherons
qui s'acharnent sur lui, le piquent, l'exaspèrent jusqu'à
la folie. Il allait crier de colère quand il se dit soudain :
les hommes d'ici supportent ces choses et vivent avec
ces choses, pourquoi ne le supporterais-je point ? Et les
piqûres lui devinrent tout à coup moins incommodantes
et moins cuisantes. Alors il pensa à toute cette fécon-
dité, à tout ce pullulement de la vie dans la forêt ; il se
dit : que chacun des millions de moucherons disait :
moi, comme lui-même, Tolstoï disait ; moi, et que leur
murmure, leur sifflement, c'était peut-être les clairons
de bataille de toute cette armée d'êtres minuscules, son-
nant l'attaque de la proie colossale, égarée dans la
forêt ; et il sentit qu'il n'était, lui, qu'un atome vivant
dans l'innombrable armée des atomes, qu'un moi minus-
cule, éphémère et misérable perdu dans des millions
d'autres consciences éphémères, misérables et bornées
comme la sienne. Il n'y avait, soudain, qu'un moyen d'é-
chapper à ce néant de l'univers, c'était de se ressaisir,
de se relever et il pensa : la vie n'a de sens que si je
m'apprête à me sacrifier pour les autres. Par l'égoïsme
étroit, l'individu humain est perdu dans la myriade des
autres égoïsmes. Au contraire, s'il apprend à se sacrifier

il devient supérieur à tous, il les enveloppe tous, il les
domine tous et il se rattache au-dessus de tous à quelque chose d'impérissable et d'éternel. Et c'est ainsi que
dans la forêt primitive du Caucase, vers l'âge de vingt-
cinq ans, Tolstoï était déjà travaillé par les ferments
de la grande crise mystique qui éclatera vingt-cinq ans
après. (*Applaudissements.*)

Du reste, vous remarquerez la place que la forêt tient
dans l'œuvre de Tolstoï et pourquoi ce n'est pas seulement dans son livre sur le Caucase, mais dans son livre
sur *Ma Confession* qu'il parle des inspirations trouvées
sous bois, et pourquoi ? Parce que la forêt a une admirable puissance symbolique, parce qu'il y a en elle tout
à la fois le pullulement de la vie et le mystère. Eh bien !
Tolstoï, dès cette époque, est soulevé par cette grande
aspiration religieuse et voilà pourquoi il aime à décrire
les grands spectacles de la Guerre ; parce que la guerre
mettait pour ainsi dire tout homme à toute minute, en
pleine force de la vie, sur le seuil même et à la limite
du mystère ; et vous verrez dans ses études sur Sébastopol, dans son livre sur *La Guerre et la Paix* comment,
à toute minute, des émotions de la guerre il fait surgir
les grands élans de mysticité et d'espérance religieuse.

Le sel dans l'océan

Messieurs, jusque dans le caractère littéraire de Tolstoï, vous retrouverez cette inspiration morale, domi-
nante. Il ne s'intéresse aux choses que pour s'intéresser
aux âmes. Vous ne pourrez le comparer ni à Balzac,
ni à George Sand, ni à Flaubert, ni à Zola. Balzac si
idéaliste qu'il fût, si spiritualiste qu'il fût à sa manière,
s'intéresse aux choses pour elles-mêmes ; et en même
temps qu'il décrivait les vieilles maisons, comme si elles
étaient des êtres autonomes, il s'intéresse à elles, pour
elles-mêmes, et non pas seulement à raison du drame
humain qui allait s'y accomplir. Dans George Sand il
y a de magnifiques effusions lyriques dans lesquelles

l'âme se confond avec la nature et oublie, pour ainsi dire, le problème de sa destinée. Dans Flaubert, il y a un souci de la forme, un souci artistique dominant et une sorte d'âpreté méprisante et triste pour la pauvre et médiocre race humaine. Dans Zola, les spectacles sont parfois évoqués, mais dans un rapport superficiel avec l'âme. Rappelez-vous *Une page d'amour* et comment la jeune femme, par intervalles, jette un regard du haut de la colline sur le grand Paris aux toits moutonnants. C'est une vision qui entre dans l'âme mais qui ne s'y incorpore pas. Et lorsqu'il montre le flot de la vie trouble qui passe sur les boulevards de Paris, comme un fleuve sourdement chargé de passions charnelles, les âmes sont charriées par ce fleuve trouble, elles ne s'en dégagent pas. Au contraire, Tolstoï, je vous le répète, ne s'intéresse aux choses qu'à proportion qu'elles sont mêlées à la vie des âmes et de chqaue âme. Il n'y a presque pas de pittoresque dans son œuvre et dans *La Guerre et la Paix*, il a pu mener les armées à travers l'Europe, il a pu conduire ses héros jusqu'au pied de la colline, où, dans la nuit de décembre, s'allumaient au camp de Napoléon les feux d'Austerlitz. Il ne s'attarde jamais à décrire et il n'évoque la nature extérieure que quand il veut atteindre les âmes. C'est ainsi que le jeune homme, sur le pont jeté à travers le Danube sous la menace des obus, entrevoit, tout à coup, la douceur de l'horizon et met en contraste dans son âme la sérénité de la vie lumineuse et le sombre mystère de la mort qui plane. C'est ainsi que le prince André, tombé sur le plateau de Praizen, au moment même où il formait des rêves d'ambition et de gloire, défaille une minute, puis, couché sur le dos, se ranime et entrevoit au-dessus de lui, pour la première fois, le ciel bleu, le ciel profond, le ciel plein de mystère et de lumière et il s'étonne de n'avoir jamais, jusque là, dans sa vie, soupçonné la profondeur du mystère et l'azur de ce ciel bleu où flottent là-haut de molles nuées. Eh bien ! toujours, c'est aux âmes que Tolstoï s'intéresse et jamais, même quand il peint la frivolité, la médiocrité de la vie factice des salons, jamais il ne rabaisse l'âme humaine. Dans le siège de Sébastopol, il montre les soldats, les officiers s'oubliant parfois à jouer, à boire, et à se quereller en jouant. Et il dit : que voulez-vous, il est impossible que l'étincelle sacrée luise toujours dans les âmes, mais elle est toujours prête à se ranimer et à illuminer de sa clarté les actions humaines. Et lorsque dans la vie factice des salons les enfants apparaissent avec leur naïveté, avec leur charme, avec leur vie débordante, c'est comme un fraîcheur de source qui jaillit et que l'âme de Tolstoï respire avec délices. Ainsi, il y a dans toute son œuvre, avec le respect pour les âmes humaines jusque dans la chute, avec les brusques échappées vers le mystère que suscitent dans les âmes la douleur et la mort, il y a une perpétuelle sève d'espoir religieux qui circule et toute son œuvre minutieuse et si vaste cependant, m'apparaît comme une forêt qui, par toutes ses brindilles vertes ou séchées, par toutes ses feuilles fraîches ou flétries, par tous ses nids comblés ou ravagés, baigne dans la douceur de l'azur et dans le mystère des nuits étoilées. (*Applaudissements.*)

Voilà ce qui fait que dans toute l'œuvre de Tolstoï s'annonce ou se prépare la grande crise de mysticité dont je vous parlais tout à l'heure; et cette crise de mysticité elle n'a pas créé des éléments nouveaux, elle a seulement fait apparaître, elle a dégagé des éléments mystiques qui étaient jusque là dilués dans le grand flot de la vie et des impressions naturelles. Le mysticisme fanatique qui a lui sur l'âme de Tolstoï, vers 1880, est comme un soleil terrible qui aurait séché l'océan et qui n'aurait laissé subsister que le sel de la mer. Mais le sel était déjà dans l'océan, et tous les éléments rudes et âcres de cette pensée forte et amère étaient déjà dans l'œuvre du maître.

Son christianisme

Et maintenant, au lendemain de cette crise, à quelle solution a-t-il abouti, où nous laisse-t-il, où nous conduit-il ? Oh ! si l'on soumet l'œuvre de Tolstoï, sa philosophie religieuse et sociale depuis 1880, a une analyse intellectuelle, sévère, je ne crois pas qu'elle puisse subsister sous sa forme présente. Les contradictions y abondent, et d'abord c'est une chose douloureuse, terrible, de voir que, pour avoir voulu affirmer, au-dessus des exigences de la vie quotidienne, un idéal absolu et abstrait. Tolstoï, qui voulait nous conduire à la paix, s'est débattu lui-même dans la plus douloureuse angoisse et la plus rude contradiction. Et puis, qu'est son christianisme et comment peut-il tenir ? D'une part il a voulu se plonger dans la tradition, mais dans cette tradition, il fait un choix, et le christianisme au nom duquel il demande à toutes les volontés de se discipliner, c'est un christianisme arbitraire, façonné par Tolstoï tout seul. Il est sévère pour les origines du christianisme; il ne veut pas qu'on parle de l'Ancien Testament et il oublie que c'est de l'Ancien Testament que le nouveau est sorti, comme la fleur sort de la tige. Il écarte l'annonce messianique du royaume de Dieu et ne laisse subsister qu'un christianisme étranger au temps et à l'espace. Oui, mais si le christianisme se résume ainsi dans l'amour des âmes pour les hommes et pour Dieu, si le christianisme n'est que cela, si les Evangiles, comme le dit Tolstoï, sont souvent un recueil de récits ineptes et pernicieux, d'où vient l'autorité quasi surhumaine avec laquelle Tolstoï nous commande et nous inspire ? Et si le christianisme n'est que cela, en quoi se distingue-t-il des autres grandes religions humaines, du brahmanisme, du bouddhisme, du mahométisme, et Tolstoï est conduit, en effet, à reconnaître à toutes ces religions les mêmes vertus religieuses. Comment, cependant, distinguer entre elles ? Comment donner la force et l'autorité à leurs déclarations diverses ? Il faut bien que la raison intervienne, et ainsi qu'à la révélation traditionnelle, succède nécessairement l'effort incertain, incomplet, mais nécessaire de cette raison que Tolstoï a semblé honnir et humilier.

Et puis, quelle contradiction dans cet amour pour le peuple ? Il se penche vers lui, il l'aime, il veut l'aider, il veut le soulager; il l'imite dans sa piété, dans sa résignation. Pourquoi ? Parce que ce peuple lui apparaît comme résigné et doux; et cependant Tolstoï sait bien que sur ce peuple, depuis des siècles et des siècles, pèsent des fardeaux d'injustice; il sait bien que ce peuple ne pourra le soulever que s'il se redresse, et alors il semble que nous sommes acculés à cette contradiction terrible que Tolstoï aimant le peuple et le plaignant et l'admirant, cesserait d'être avec lui si le peuple cessait d'être résigné ou s'il n'adoptait pas les moyens inertes et pacifiques que Tolstoï veut lui imposer.

Son idéal

Et puis, quel est l'idéal qu'il propose aux hommes ? En somme, un idéal archaïque. Tolstoï a vécu en rapport avec la pensée de l'Occident; il connaît nos écrivains, il connaît la science d'aujourd'hui; de tous les écrivains de l'Europe, celui qu'il aime le plus, qu'il admire le plus, parce qu'il conseille la simplicité, parce qu'il se défie des complications factices de la civilisation présente, c'est Rousseau. Mais enfin, Tolstoï, s'il connaît l'Occident, s'en méfie, le condamne: il ne veut pas de la démocratie. La démocratie lui apparaît simplement comme la démocratisation de la corruption ancienne limitée autrefois à des oligarchies. Tolstoï n'a pour la science, pour ses inventions, pour ses mécanismes, qu'une admiration plus que médiocre, et il enveloppe du même dédain, de la même condamnation, dans une même phrase qui nous paraît bizarre, les cuirassés, le télégraphe, les bombes, les chemins de fer électriques.

et, dit-il, les autres inventions aussi sottes que pernicieuses.

Et je sais bien qu'il faut réagir contre toutes les superstitions, même contre la superstition de la science; je sais bien qu'il est bon de rappeler aux hommes que, trop souvent, les inventions, même les plus admirables, de la science, ont été déformées par l'esprit de lucre, ont été le prétexte d'oppressions, d'exploitations, et qu'elles ne font qu'ajouter au lot de misères et d'injustices (*Vifs applaudissements*); je sais cela, et il faut remercier ceux qui, à travers nos cités peuplées de tant de fièvres mauvaises, de tant d'infortunes imméritées et de misères injustes, je sais qu'il faut remercier ceux qui font passer comme le grand souffle salubre des forêts primitives, le grand souffle pur de la simplicité évangélique qui passe sur les lacs riants de la Galilée. Je sais cela, mais je sais aussi que si nous voulons progresser, si nous voulons monter, il ne faut maudire ni la démocratie, ni la science; il faut les hausser, les réformer, les élargir; il faut que la démocratie politique devienne la démocratie sociale. (*Applaudissements.*)

Tolstoï est resté un oriental, et il déplore que la révolution russe se soit engagée dans la voie de la révolution occidentale. Il a peur de la croissance industrielle, puis de la démocratie, et il ne voudrait qu'une production agricole à base communiste. Mais il est impossible d'arrêter la révolution du monde : les industries montent, et dans l'Orient même, en Russie même, où c'est le prolétariat industriel qui a réveillé d'un trop long sommeil la masse paysanne, en Perse même, dans l'Inde, au Japon, en Chine, dans tout l'Orient, jusque-là endormi, c'est la fièvre de l'activité européenne avec ses tares, avec ses méfaits, avec ses cruautés, mais avec ses grandeurs qui se répand sur le monde; de plus en plus, ces peuples s'éveillent et se libèrent; et ainsi, ce n'est pas en renonçant à la production industrielle, c'est en organisant toute la production sur les bases d'une justice nouvelle que nous assurerons l'équilibre dans le progrès grandissant.

La révolution est là

Mais, quoi qu'il en soit de ces critiques par lesquelles je marque, en passant, mes réserves, nous tous qui luttons, ou plutôt, si vous me permettez cette vaste parole, nous tous qui vivons, nous devons une singulière gratitude à l'homme qui nous a rappelé à tous, quelle que soit notre fonction, quelle que soit notre condition, le sens moral et la portée de la vie. Tous, nous sommes exposés dans la vie étroite et obscure que nous menons, à oublier le sens profond et le mystère de l'existence. Que de fois j'ai remarqué, dans ce grand Paris, qu'il était presque impossible d'apercevoir les étoiles ou si, à travers l'exiguité des rues trop étroites, à la rencontre des toits surplombants, on peut les apercevoir, l'éblouissement brutal des lumières d'en bas voile la clarté supérieure. Eh bien ! dans presque toutes les conditions, dans tous les métiers, dans toutes les classes, le patron est absorbé par la conduite de l'entreprise, ou bien par le gain ou par les responsabilités de la direction; les ouvriers sont plongés dans les abimes obscurs des misères et n'émergent du front et de la bouche que pour pousser un cri d'appel et de protestation; nous, politiciens, perdus dans les batailles et noyés dans l'intrigue de tous les jours, tous nous sommes exposés à oublier qu'avant tout nous sommes des hommes, c'est-à-dire des consciences, à la fois autonomes et éphémères, perdues dans un univers immense plein de mystères; et nous sommes exposés à oublier la portée de vie et à négliger d'en chercher le sens; nous sommes exposés à méconnaître les vrais biens, le calme du cœur, la sérénité de l'esprit. Tolstoï nous aide à lever les yeux vers le ciel plein d'astres, à retrouver le sens de la simplicité, de la fraternité, de la vie profonde et mystérieuse. Et en même temps il nous avertit. Il avertit les conservateurs, lui qui n'est pas le révolutionnaire banal, violent et destructeur que vous pouvez dénoncer parfois : lui qui est l'homme de la paix, de l'amour, du christianisme renouvelé, il avertit les conservateurs que le système de la société d'aujourd'hui ne peut plus tenir, qu'elle est condamnée non seulement par les revendications irritées de ceux qui souffrent, mais par la protestation intérieure des consciences les plus nobles qui se sentent opprimées par ce que la société contient d'indignité, de détresse et de misères.

Et puisque avec Tolstoï il est permis de rappeler un texte des psaumes, je dirai à tous : prenez garde, méditez, travaillez, pensez, préparez des institutions fraternelles pour que l'inévitable révolution sociale soit pacifique ; mais, de même que le psalmiste disait de Dieu : Vous pouvez aller dans les hauteurs du ciel, vous le trouverez dans les profondeurs de la terre, vous le trouveriez, ni en Orient, ni en Occident vous n'échapperez à son regard, moi je dis à tous : La révolution est là, elle est partout : elle est dans l'organisation de ceux qui souffrent, dans la haute protestation de ceux qui pensent.

Les souffles qui viennent de l'Orient et de l'Occident, des colères du prolétariat d'Occident, de la mysticité orientale de Tolstoï, tous ces souffles se mêlent en un tourbillon de tempête, autour de la vieille société pourrie et rongée comme le tronc creux d'un vieux chêne malade. Préparez donc une société nouvelle et plus juste. (*Applaudissements prolongés.*)

Jean JAURÈS.

L'Émancipatrice (Imp. communiste). 3, rue de Pondichéry, Paris.

www.ingramcontent.com/pod-product-compliance
Lightning Source LLC
Chambersburg PA
CBHW061623180626
46818CB00005B/2202